AF143589

Joséphine Lanesem

Adolescences

Édition : BoD – Books on Demand, info@bod.fr
Impression : BoD – Books on Demand, In de Tarpen 42, Norderstedt
(Allemagne)
Impression à la demande

ISBN : 978-2-3224-8261-0
Dépôt légal : Septembre 2023

Derrière le masque

Icare

Ariane

Astérion

Thésée

Dédale

Minos

Phèdre

Les jeunes Crétois

Les jeunes Athéniens

Scène I

Icare lève la main et prend à la nuit sept étoiles. Ses doigts les arrangent en une couronne qu'il dépose au front d'Ariane. La constellation éclaire son propre visage par en dessous, puis celui d'Ariane par au-dessus. Il a quatorze ans, elle en a quinze. Sans se tenir la main, ils s'aventurent dans le labyrinthe, blanc le jour, bleu sous la lune. Le garçon à tête de taureau les attend.

ICARE. Ils t'appellent monstre, je te nomme miracle.

D'une explosion formidable, le contre et l'après-coup.

D'un trop-plein de clarté, la retombée d'obscurité.

Du soleil, d'un taureau, d'une reine, l'enfant favorisé au point d'être déchu.

Toutes leurs puissances n'ont donné que ton impuissance.

Toutes leurs splendeurs que ta difformité.

Et c'est là ta beauté.

ARIANE. Ils te nomment Minotaure, je t'appelle
Astérion.

Tu es né de l'inimaginable,

d'une humaine écartelée par l'animal,

de ma mère haletant après un plaisir impossible.

Son sang, tu le portes encore.

Drapé sur ton visage, tes épaules.

Sang devenu peau et pelage.

Tu es rouge comme une rage inassouvie.

Couleur et silence, sans forme ni pensée.

Tu continues de te dérober au représenté.

ICARE. Tu procèdes du labyrinthe,

de l'esprit tortueux de mon père,

des méandres de la métis,

des caprices d'un ingénieur,

de la curiosité d'un savant presque artiste.

ARIANE. Tu découles de ce royaume,

de la cruauté de mon père,

de son implacable lumière,

de son appétit d'honneur, de gloire, de renommée,
de son mépris pour le mystère, la crainte et la pitié.

ICARE. Tu as plus que notre âge, mais tu es encore un enfant, tu seras toujours un enfant. Près de ta tête obscure et impénétrable, nous sommes pauvres et incomplexes. Comme sans visage. Contre ton corps rauque et robuste, habitué aux détours de ta demeure infinie d'être infiniment répétée, nous sommes frêles et pâles, des ombres claires parmi celles, sombres, que tu projettes sur les parois de ta prison, des ombres amincies par le fier midi de notre île.

ARIANE. Tu es notre secret dans la nuit clandestine, notre point de rencontre à chaque pleine lune. La seule époque où le labyrinthe se repose, sans plus agiter ses tentacules. Guidés par les étoiles à mon front, nous pouvons entrer et sortir. Mais tu n'as jamais voulu nous suivre pour visiter la ville. Tu préfères ignorer ce qui t'a si longtemps manqué. Sache que tu n'as rien perdu. C'est ici que s'achèvent les rêves récurrents, que débouchent les chemins intérieurs, ici, avec toi, monstre-miracle, Astérion-Minotaure, que nos vies prennent sens.

ICARE. Repose ta tête sur mon épaule. Tête lourde à rouler au bas de ton corps las, à se rompre pour répandre ce qui la déborde. Voici de l'herbe douce, de la bonne luzerne, des trèfles humides, et quelques bruyères pour ton herbier. As-tu du fourrage jusqu'à la prochaine lune ? A-t-il assez plu dans les citernes ?

ARIANE. Et quand il voit son reflet dans l'eau, se reconnaît-il ?

ICARE. Ne le tourmente pas.

ARIANE. Demain arrivent les Athéniens.

ICARE. Sept filles et sept garçons que les rois t'offrent en sacrifice. Comme si tu te nourrissais de chair humaine. Un taureau ne mange que les plantes les plus tendres qu'il attire sous sa langue. Ils le savent. Mais par ce rite, ils persuadent leur peuple, et les autres îles, et les autres cités, que sans leurs bons offices le Minotaure se déchaînerait, saccagerait les biens, massacrerait les gens.

ARIANE. Pauvre frère. Tu es le pilier de leur pouvoir, toi le plus faible parmi les faibles. Tu es la chaîne à nos chevilles, toi le dernier d'entre les prisonniers. La terreur que tu réveilles garantit les règnes de nos pères. Minos, Égée, Dédale…

ICARE. Laisse mon père.

ARIANE. Et pourquoi ?

ICARE. Je n'ai que lui. Je n'ai pas comme toi huit frères et sœurs, le soleil pour aïeul et une reine pour mère. Je suis seul. Ma mère, jeune esclave, ne m'a laissé pour souvenir qu'une poupée de chiffon à double tête, dont il suffit de tourner le jupon pour changer le visage. On l'a vendue à des visiteurs de passage. Naucraté qui ne connaîtra de la vie que d'être ravie et violée. Quand elle m'a eu, elle avait ton âge.

ARIANE. Tu te souviens d'elle ?

ICARE. Elle avait les boucles noires des Crétoises. Comme toi. Si noires qu'elles ont des reflets bleus. Comme nos blancs palais sous la lune de ce soir.

ARIANE. Je n'ai pour véritable frère que celui-ci, le seul avec qui je ne partage pas mon père. Astérion, demain tu devras échapper aux voix, aux pas qui empliront le labyrinthe, aux haches à double tranchant des garçons, aux torches étincelantes des filles. Dans leur épouvante, quatorze jeunes gens te traqueront sans trêve. Ils ne s'arrêteront qu'autour de ta tête sacrée – décapitée.

ICARE. Si nous pouvions leur parler avant leur entrée, mais ils sont étroitement surveillés, si nous pouvions leur expliquer que le monstre ne leur veut aucun mal, qu'il ne faut pas le tuer, tout au contraire.

ARIANE. Qu'il est de notre côté.

ICARE. Du côté du rêve.

ARIANE. Du côté de la révolte.

ICARE. De la magie.

ARIANE. De la vérité.

ICARE. Sa tête s'échauffe à nos discours. N'aie pas peur. Nous te sauverons. Nous l'avons toujours fait. À la pleine lune, nous viendrons libérer les intrus. Reste vivant entre-temps, cache-toi d'ici notre retour.

ARIANE. La dernière fois, ils t'ont blessé d'une lance, au flanc, et tu as gémi si pitoyablement qu'ils ont suspendu leurs armes et se sont agenouillés. Ils t'ont soigné, consolé, comprenant que tu étais la meilleure part d'eux-mêmes.

ICARE. Quand nous arrivons, ils se réunissent autour de nos étoiles. Ils nous croient par le pouvoir de cette couronne. Et nous te présentons sous ton véritable jour. Ils contemplent ton visage indéfinissable, tes gestes très lents, la grâce d'une vie patiente, la promesse d'un regard tout autre que le leur.

ARIANE. Ils entrent en résistance. Initiation qui, au lieu de les intégrer à la société, les incite à la désintégrer. Ils savent maintenant, d'un savoir grave et irréversible, que dans ce monde qui est le leur, on enferme le désarmé, on met aux fers la différence, on offusque le fabuleux. Ils découvrent la bêtise et la brutalité de leurs pères. Des pères qui les ont envoyés mourir de faim, de fatigue, de folie dans des ténèbres sans issue, pour grossir l'imagination des peuples d'un monstre sanguinaire.

ICARE. Ton père. Pas les leurs.

ARIANE. Mon père, le tien, le leur, c'est tout pareil.

ICARE. Non, ce n'est pas pareil. Dédale n'est pas dupe, il connaît nos mystères.

ARIANE. Oui, Dédale. Quel être ambigu et insaisissable. Est-il de notre côté ou du leur ?

ICARE. Pour Dédale, il n'y a pas de côté. Chaque chose est son contraire, rien n'a d'identité. Il a manigancé ce labyrinthe, dont les murs remuent une nuit dense et insensée, à l'image d'une méduse au milieu des abysses.

ARIANE. Que nos pères me fatiguent ! Comment déchirer la toile où nous enferment nos familles et dont les mailles se rétrécissent autour de nos chairs tendres ? Comment trancher net dans ces mille histoires entretissées, qui déterminent nos destinées avant même qu'on ait décidé de vivre ? Ah, ne pas avoir d'origine, être sa propre origine, la seule grâce que je demande des dieux.

ICARE. C'est demander d'être un dieu, et le premier d'entre eux.

ARIANE. Astérion s'endort…

ICARE. Je crois que les rois ont aussi peur de lui que leurs sujets. Ils l'ont amené ici alors qu'il était encore petit. Tu te rappelles ? Il dormait sous les platanes, à l'ombre des heures chaudes. Bonne bête, bel enfant. Les cornes pointaient à peine à son front. Tu profitais de son immobilité pour le dessiner. Il a suivi les gardes sans résistance, toujours confiant dans la main qu'on lui tend.

ARIANE. Il joue encore aux jeux d'alors. Il n'a pas vieilli d'une année. Sa vie s'est arrêtée en cet instant, à la lèvre du labyrinthe qui l'a avalé. Mais nous, nous avons vieilli, et combien. Par un seul geste, celui du garde qui l'a poussé tandis qu'il hésitait. Il trébuche et son front heurte le coin des marches. Ils t'empêchent de le relever, ils te retiennent entre leurs bras et menacent l'enfant miraculeux de leurs lances, pour qu'il se relève seul, et vite, et ne revienne pas sur ses pas. Comme nous avons vieilli en cette seule minute, par ce seul geste. Soudain l'infamie de nos pères nous était révélée. De ton père comme du mien. Ne nie pas. Qui a créé le labyrinthe ? Qui a eu l'idée d'une telle atrocité ? De ce geste, nous ne sommes jamais revenus. Notre vie depuis se résume à l'expliquer, à l'annuler.

ICARE. Il parlait en ce temps-là. Avant d'être enfermé. Il parlait de lui-même au pluriel et à distance. Il disait « ils » pour dire « je ». « Ils ». Le taureau et l'enfant. Le rouge et le blanc. La tête et le corps. Ariane, Icare et le Minotaure.

ARIANE. Il riait en ce temps-là. Avant d'être abandonné. Il aimait le lait, le soleil, le miel, les oliviers argentés à perte de vue, et au-delà la mer, tout aussi argentée. Il disait : Iane, Iare et Ion. Il jouait à être toi et que nous nous épousions.

ICARE. Personne, à part nous, ne sait ce qu'il est devenu. Les rois doivent l'imaginer digéré dans les entrailles de la terre au point d'engendrer une forme nouvelle. Et s'ils envoyaient ce sacrifice en toute bonne foi, afin de retarder sa vengeance ? Dehors, on n'entend que ses mugissements mélancoliques que déforment les courbes des couloirs, des caves, des citernes ; et les devins y interprètent des menaces.

ARIANE. Ils ont raison d'avoir peur. Mon frère augure plus de puissance que leurs hordes de guerriers et leurs héros aux douze travaux. Il rassemble tous les rêveurs et des rêveurs vient l'avenir. Sens-tu son odeur ? L'odeur de l'ultime rivage, des dunes crépusculaires, semées de buissons rêches, réticulés comme des coraux. L'odeur de la liberté.

ICARE. Contre ma joue, je sens le laurier-rose, l'aurore et la grenade. Je sens la générosité d'un monde encore intact.

ARIANE. Admettons que ce sacrifice ne soit pas un subterfuge, qu'ils s'y croient obligés. Pourquoi y perdre la jeunesse ? Pourquoi ne pas envoyer des gens de leur âge décadent, qui ont bien fait leur temps ?

ICARE. L'âge dépend si peu du temps. Regarde l'éternel enfant qui dort entre nous.

ARIANE. Qu'ils tranchent donc les veines neuves, qu'ils répandent le sang innocent, moi, je cracherai sur leurs cheveux blancs, je crèverai leurs yeux déjà aveugles. Ils méprisent l'ignorance de notre jeunesse ? Je méprise la lâcheté de leur vieillesse.

ICARE. Laisse-leur la bêtise, Ariane. À nous revient le travail qu'ils négligent, celui de l'intelligence, qui relie et nuance et décline. Laisse-leur les découpes faciles, l'opposition factice, l'assurance de la raison étroite et du bon droit obtus.

ARIANE. Tu es bien le fils de Dédale. Le monde n'est pas aussi mouvant et complexe que tu le penses. Parfois, souvent, il est clair. Le bien et le mal, l'innocent et le coupable se présentent sans fard. Il s'agit de se défendre, Icare. Quand le couteau descend sur la victime, il ne lui reste qu'à mordre la main qui le tient, pas à comprendre la tête qui le guide.

ICARE. Mon épaule s'endolorit. La tête de taureau glisse sur ma poitrine.

ARIANE. Viens, frère, repose sur mes genoux. Tu t'agites, je pose ma main sur ton front, entre tes cornes.

ICARE. Rêve, rêve donc des garçons mourant sur les champs de bataille ou dans les forêts d'une chasse aventureuse, et dont le sang fleurit en pétales friables que le vent éparpille, rêve de leurs fiancées dont les traits se figent dans l'écorce, et les larmes s'ambrent dans la sève, et les bras élevés en prière s'ombragent et s'apaisent. Plus leur peine est profonde, plus leurs racines s'enfoncent, jusqu'au royaume des ombres, où elles rejoignent la plus aimée d'entre elles.

ARIANE. Rêve des centaures, des sirènes, de Pégase et du Sphinx, rêve de tes semblables, reconnais dans les chimères ta vigueur, ta valeur, sois fier d'être double, hybride, incomplet et total. Ceux qui ont eu honte de toi, qu'ils aient honte d'eux-mêmes, de leur esprit étriqué, de leur morale mesquine, de leurs sens paresseux. Vois comme ces créatures d'outre-ciel sont craintes et respectées et n'aie pas peur d'exister, et si vraiment tu ne veux plus être toi, en rêve adopte toutes les formes que la nature mentionne, surtout celle qui te manquera toujours, celle de l'homme à tête d'homme, forme maudite pourtant, oh si tu savais, forme ô combien monstrueuse et barbare.

ICARE. Si tu sortais, ils te tueraient. Ils ne sont pas encore prêts pour toi. Mais attends, quand nous serons grands, nous t'emmènerons sur une île vierge…

ARIANE. Nous sommes déjà grands. Le temps est passé. Ils ne seront pas plus prêts demain qu'aujourd'hui. Et l'île qui nous abriterait a depuis longtemps dérivé.

Scène II

À l'aurore, sur une terrasse du palais, Minos et Dédale regardent approcher les navires de Thésée. Ariane s'introduit dans sa chambre par un escalier dérobé. L'architecte l'aperçoit, mais ne dit rien au roi.

DÉDALE. Thésée fend les flots comme il fendra les fils

de vos intrigues et de mes artifices,

les liens de nos familles.

Thésée aussi effilé que l'épée et la lance,

tueur par excellence.

MINOS. Tu as de ces mots ! Thésée le héros,

d'Héraclès, cousin et camarade.

Que de monstres il a égorgés sur les rivages de Grèce.

Du bâtard dans son terrier, il ne fera qu'une bouchée.

DÉDALE. Jusqu'à présent, ce bâtard, vous le protégiez.

Trésor que j'ai scellé dans un écrin d'errance.

Notre plus belle réussite.

Rien n'a mieux établi votre règne sur les mers et les îles.

Aucune arme, aucune troupe que ce mot magique : Minotaure.

La renommée est parvenue jusqu'en Égypte de sa face solaire.

Sur les autels domestiques, il compte parmi les dieux.

MINOS. On parle de ton œuvre. On adore ton génie.

On gardera mémoire d'un lieu fait à l'image de notre esprit.

Tu resteras le nom commun des espaces à impasses.

Ne t'inquiète pas, ce n'est pas le labyrinthe que je veux abattre,

mais le monstre qu'il renferme.

DÉDALE. Ce n'est qu'un enfant, mon roi.

MINOS. Qu'en sais-tu ? Tu lui rends visite ? Tu m'as assuré que tu ne savais pas toi-même te repérer dans sa prison.

DÉDALE. Et je ne vous ai pas menti. Mais, dans ce lieu, le temps ne passe pas. Astérion n'a pas changé. Plus exactement, il n'a pas grandi, mais il est mort un peu. En lui se rencontrent l'enfance et la mort.

MINOS. Il ne manquait que ça. Un mélange de plus chez un être déjà double et duplice. Je te prie de ne pas pratiquer l'alchimie avec une matière aussi volatile qu'une chair où la mer se mêle au soleil. Il est le petit-fils d'Hélios et de Poséidon, je te le rappelle, et il s'apprête à déchaîner des puissances insoupçonnées. Je le sens qui grossit dans l'obscurité depuis des années, il se nourrit de nos sacrifices, mais aussi de nos mensonges, et de nos peurs.

DÉDALE. Et de vos rêves.

MINOS. Que sais-tu de mes rêves ?

DÉDALE. Vous l'imaginez, et votre imagination le grossit. C'est l'effet que nous désirions sur le peuple. Mais vous êtes roi, fiez-vous à votre raison. Comment pourrait-il devenir ce monstre terrible ? Garçon handicapé par sa difformité, atrophié par la rareté d'exercice et de lumière, en manque d'herbe fraîche et d'amitié sincère. C'est un miracle qu'il ne soit déjà mort.

MINOS. Justement. Comment a-t-il survécu ? Il a dû se faire féroce et carnivore, et maintenant il attend sa revanche. J'ai rêvé de lui…

DÉDALE. Vous voyez que vous en rêvez.

MINOS. Oui, et les rêves ne mentent pas.

DÉDALE. Mais il arrive souvent de mal les interpréter.

MINOS. Mes rêves sont sans ambiguïté : le Minotaure me dévore.

DÉDALE. C'est votre culpabilité qui s'exprime.

MINOS. Ma culpabilité ? Et pour quelle faute ?

DÉDALE. D'avoir enfermé un enfant. D'avoir sacrifié sa clarté à votre rayonnement.

MINOS. Je devais le laisser dépraver nos enfants ? Ils étaient fascinés. J'ai cru au début qu'Astérion leur servait d'animal de compagnie. Mais c'étaient eux qui le suivaient, l'imitaient, l'aimaient avec soumission, presque adoration.

DÉDALE. Sont-ils moins fascinés aujourd'hui ? Ils n'en parlent pas, mais je vois son reflet rouge dans les yeux de votre fille, je sens son haleine nocturne dans les cheveux de mon fils.

MINOS. Non, ils ne l'ont pas oublié. Ils ne l'ont pas vu une seule fois en sept ans et pourtant ils semblent le voir partout. Ma fille passe son temps à courir avec les taureaux et ton fils à cueillir des coquelicots. Son souvenir les hante, il prolonge leur enfance et l'empêche de finir. C'est de cette image obsédante que Thésée nous sauvera. Il arrachera le mal à la racine et tout rentrera dans l'ordre.

DÉDALE. Thésée avec sa fierté, sa droiture, son bon sens. Lui ne se laissera pas égarer par les rêves. Thésée, plus roi que vous, dispersera les dernières semences de révolte et fermera sur Ariane et Icare les grilles de nos exigences. Il n'est pourtant qu'à peine plus âgé qu'eux. Mais il n'a pas eu les mêmes maîtres.

MINOS. Voilà un garçon normal, la tête sur les épaules. Formé à égalité aux exercices du corps et de l'esprit. Un jeune homme accompli, qui ne cherche qu'à devenir meilleur et rendre le monde meilleur. L'anomalie, c'est un idiot fils de génie, c'est une fille méprisante envers le roi son père.

DÉDALE. Elle ne vous déteste pas.

MINOS. Ne me flatte pas.

DÉDALE. Je précise : elle vous déteste autant qu'elle vous aime.

MINOS. Je ne peux plus le supporter. Que celle que j'aime par-dessus tout me déteste le plus au monde. Aucun ennemi ne me poursuit d'une telle haine. Elle me déteste dans les moindres détails, surtout dans les détails, dans ce qui signe ma singularité, les plis de mon front, la prise de mes mains, mes soupirs, mon rire, ma manière de m'asseoir, de manger, de parler, dans ma force comme dans ma faiblesse, quand je dors, quand je veille. Tu n'as pas idée du tourment de vivre ainsi percé des mille flèches du regard de son enfant, le seul regard qui ne devrait être que reconnaissance et bienveillance.

DÉDALE. Cela ne devrait-il pas être le regard des parents ?

MINOS. Facile à dire. Ton fils t'admire.

DÉDALE. Oh non, Icare a pitié de moi.

MINOS. Pitié du plus grand des savants, alchimiste, monnayeur, naturaliste, qui inventa la vrille, la colle, le fil à plomb, le cerf-volant, et sculpta, empailla, momifia, défiant la mort par l'image, et conçut un espace si contourné qu'il parvint à courber même le temps. Te prendre en pitié, quelle absurdité !

DÉDALE. Pas plus que de mépriser le premier roi d'Europe.

MINOS. Certes.

DÉDALE. Il a pitié de mon ignorance.

MINOS. Il y a donc une chose que tu ne sais pas ?

DÉDALE. Rire, oublier, faire confiance, aimer. La liste serait longue. Tout ce qui tient de l'évidence et de la simplicité.

MINOS. On ne crée pas grand-chose avec de l'évidence. Le monde qui nous entoure suffit à l'évidence.

DÉDALE. En effet, et le monde suffit à Icare. Il ne veut rien y ajouter.

MINOS. Il n'ira pas très loin.

DÉDALE. À moins qu'il ne soit déjà loin.

MINOS. Toujours aussi habile en rhétorique… Lui as-tu révélé pourquoi tu étais venu ici me demander asile ? Lui as-tu raconté ta vie passée ? Tes succès à Athènes, ton neveu placé chez toi, apprenti impatient de te contenter, mais il surpassa rapidement le maître, il inventa, quoi déjà ?

DÉDALE. La scie, le compas, le tour de potier…

MINOS. Oui, un garçon plein de promesses, et le maître se sentit menacé. Lors d'une promenade, profitant de sa confiance, il le précipita du haut de l'Acropole.

DÉDALE. Mais Athéna me sauva, le sauva. Dans sa chute, elle le changea en perdrix…

MINOS. Les lamentations de ta sœur, sa mère, te poursuivaient dans la ville, il te fallait fuir. L'as-tu raconté à ton fils ?

DÉDALE. Votre fille s'est empressée de le faire.

MINOS. Cela ne m'étonne pas de sa part. Qu'a-t-il dit ?

DÉDALE. Rien. Il me pardonne tout.

MINOS. Le contraire d'Ariane.

DÉDALE. Il dit que le mal vient du malheur, et qu'il est désolé, que je dois être très torturé.

MINOS. Drôle de garçon. Bien digne de son père finalement, une pensée peu commune. Il me donne le vertige. Revenons à Thésée. Voilà un point fixe et solide.

DÉDALE. Et de plus en plus proche.

MINOS. S'il parvient à vaincre le Minotaure, je lui donnerai Ariane. Ce ne sera que justice, puisqu'il me la rendra.

DÉDALE. Vous êtes si sûr de vous. Et si nous perdions nos enfants du même coup qui achèvera le monstre ? S'ils préféraient jusqu'au bout la tête de taureau aux chefs grisonnants de leurs pères ? S'ils avaient raison de la préférer ?

MINOS. Tu doutes à tout propos. Dès qu'il s'agit de ton fils, tu perds ta clairvoyance. Thésée mettra un terme à cette longue histoire, il en est le point final. Garçon par nature définitif et sans réplique. As-tu entendu le récit de ses exploits ? Pas de combat avec lui, mais une mise à mort. Rien à raconter qu'à énumérer la liste des victimes.

DÉDALE. Sa légende s'achèvera avec le Minotaure. On ne sort pas du labyrinthe.

MINOS. Il doit bien y avoir un moyen. Tu as posé le problème, tu trouveras la solution.

DÉDALE. Pourquoi sauver Thésée ? Il est le fils de votre rival, qui n'a pas épargné le vôtre quand il est venu sur ses terres.

MINOS. Il faut donner à nos enfants un autre modèle que le Minotaure. Seule une figure aussi forte et fascinante peut le remplacer.

DÉDALE. Thésée n'est pas à la hauteur.

MINOS. Tu ne l'as pas vu. Il est d'une grande beauté.

DÉDALE. Il séduira peut-être Ariane, mais pas Icare.

MINOS. Ton fils, c'est ton affaire. Thésée m'assure une alliance avec Égée. Nos royaumes n'en feront plus qu'un. Le sacrifice des adolescents sera pardonné comme la mise à mort du dieu taureau. Ce sera le commencement d'un autre temps.

DÉDALE. Je vois bien la fin qui approche, mais elle n'est suivie d'aucun commencement.

MINOS. Trouve la sortie du labyrinthe et il y aura un commencement.

Scène III

Plein jour, à l'ombre des pins. Ariane va et vient sur les dessins d'une mosaïque au sol. Thésée la regarde.

ARIANE. Dans tes travaux, as-tu souffert ?

THÉSÉE. Ma cheville s'est rompue, ma cuisse s'est déchirée et, tu vois, mon crâne, il porte la marque de la massue.

ARIANE. Mais toi, as-tu souffert ?

THÉSÉE. Je viens de te le dire…

ARIANE. Non, je veux dire, la souffrance, là, dans la poitrine, à couper le souffle. Quand on s'effondre à l'intérieur, et l'intérieur s'ouvre sur un gouffre.

THÉSÉE. Tu demandes si j'ai été triste ?

ARIANE. Oui, en quelque sorte.

THÉSÉE. Peut-être, je ne me souviens plus. La tristesse est un brouillard matinal, qui se dissipe dès que je me lève.

ARIANE. Tu es ton propre soleil.

THÉSÉE. Je suis de bonne composition.

ARIANE. S'il te manque la souffrance, tu n'épargneras pas le Minotaure.

THÉSÉE. Pourquoi l'épargner ?

ARIANE. Parce qu'il est mon frère.

THÉSÉE. Pas plus que le mien. On le dit fils de Poséidon, tout comme moi.

ARIANE. N'es-tu pas fils d'Égée ?

THÉSÉE. Ma mère, paraît-il, coucha la même nuit avec les deux.

ARIANE. Nos mères ont des amours compliquées.

THÉSÉE. À qui le dis-tu.

ARIANE. Thésée, pourquoi tuer ?

THÉSÉE. T'en priverais-tu si tu le pouvais ?

ARIANE. Je n'ai envie de tuer personne.

THÉSÉE. Ton père ?

ARIANE. D'où me connais-tu si bien ?

THÉSÉE. J'ai sur les mains le sang qui reluit dans tes yeux.

Ariane s'arrête, elle ferme les yeux et tremble. Thésée la rejoint et prend sa main.

THÉSÉE. Je sous-estimais la puissance de ce monstre. Il a réussi à ensorceler une fille de Minos.

ARIANE. C'est moi, le monstre. Je tiens la main qui l'assassine, et je la trouve douce. Comme si elle me déchargeait de ma rage, me déprenait de toute vengeance. Elle me donne la force que je désespérais de trouver en moi-même.

THÉSÉE. Je te promets l'or, la pourpre et l'écarlate.

ARIANE. Je me rappelle une couronne d'étoiles, un enfant rouge.

THÉSÉE. Il est temps de grandir, Ariane, et d'être reine.

ARIANE. Choisis une autre fille de Minos. Tu es allé vers celle qui t'est le plus hostile.

THÉSÉE. Je n'ai pas choisi. Tu m'es destinée. Je ne me trompe jamais. Je vois, je vais, je sais. Tu seras ma femme. Mon cœur est frappé de ton profil comme une monnaie de sa souveraine. Sans t'avoir jamais vue, je t'ai reconnue.

ARIANE. Et si je refuse ?

THÉSÉE. Toutes me seront indifférentes. J'irai de l'une à l'autre, j'aurai plus d'une femme et ce sera comme n'en avoir aucune.

ARIANE. Tu es tout ce que je déteste, ou croyais détester, et pourtant je te reconnais, moi aussi. Je t'attendais. Pour que cela finisse.

THÉSÉE. Quoi ?

ARIANE. La tristesse…

Main dans la main, ils suivent les dessins de la mosaïque, et c'est comme une danse, et c'est comme un dédale.

ARIANE. Tu es le jet de source. Un verbe sans sujet, un agir sans retard. Tu ne cherches pas l'origine ni l'essence, mais la solution et l'ensuite. Les mots t'importent pour leur impact et non leur sens, les gens pour leur rôle et leur rang, et non leur âme. En toi, aucun raffinement, mais une effrayante réalité. Comme si tu apportais la fin de toute pensée, d'une pensée qui me met si souvent au supplice.

THÉSÉE. Nous ne sommes pas si différents. Nous partageons notre filiation avec les rois des mers étincelantes et avec l'obscurité gémissant dans son antre. La même férocité envenime notre sang. J'ai aperçu le fils de Dédale. Il enseignait aux enfants à manier le cerf-volant. Les vents obéissent à son souffle et il rit de ce pouvoir comme s'il n'était qu'écume. Il s'en sert pour rafraîchir un vieux visage quand il pourrait changer la face du monde. Tu ne lui ressembles pas. Tu n'appartiens pas à la race des anges.

ARIANE. Peut-être qu'à ses côtés je finirai par lui ressembler…

THÉSÉE. On ne change pas son sang. Le tien est de feu. Le sien… Il n'en a probablement pas. L'air doit courir dans ses os comme dans ceux des oiseaux.

ARIANE. Comme tu le décris bien.

THÉSÉE. J'aurais aimé être né si léger. Mon père m'a abandonné à la naissance, en laissant sous une roche de lourdes armes. Je devais soulever la roche et porter les armes pour aller le trouver et qu'il me reconnaisse. Sur le chemin, j'ai rencontré le bien et le mal. J'ai choisi mon parti sans détour. Chacun sa destinée. La mienne n'est pas de faire rêver.

ARIANE. On peut la changer.

THÉSÉE. Tu crois dénouer les fils des Parques par la seule agilité de ta pensée ? Tu ne feras que les resserrer.

ARIANE. Promets-moi de m'attendre dans le labyrinthe.

THÉSÉE. Tu sais donc t'y repérer ? J'avais raison. Tu m'étais bien destinée.

ARIANE. Je connais un moyen, mais seulement à la pleine lune. Attends ; et ne touche pas au Minotaure, je t'en supplie, ne le blesse pas, ne le menace même pas.

THÉSÉE. Un mois en tête à tête avec la bête. Tu m'en demandes trop.

ARIANE. Donne-moi ton couteau.

Elle se coupe une mèche, au-dessus de l'oreille.

ARIANE. Porte cette boucle sur toi. Astérion reconnaîtra mon odeur. Il te fera confiance, et toi n'abuse pas de sa confiance. Nous libérerons le Minotaure. Avec ta force, nous le pouvons. Nous affronterons les rois.

THÉSÉE. Il serait facile de promettre, et de me démettre aussitôt, mais je ne sais pas mentir, et je préfère mourir que de te trahir. Garde tes cheveux. Si je trouve le Minotaure, je l'abattrai sans hésiter.

ARIANE. Tu me perdras.

THÉSÉE. Il te tient encore sous son emprise. Sa mort rompra le charme et nous laisserons derrière nous cette île trop fréquentée par les dieux pour que les hommes puissent y vivre avec honnêteté.

ARIANE. Combien de monstres as-tu massacrés ? Combien en faudra-t-il pour que tu comprennes ? Ils renaissent de leur sang déversé. En luttant contre eux, tu les multiplies.

THÉSÉE. J'ignore le calcul et la stratégie. Ma force m'en dispense. Je m'élance et je frappe. Personne ne s'est plaint de mes services. J'ai purgé la mer des pirates et la terre des brigands, mon père a acculé les tyrans dans leurs citadelles et les sirènes dans leurs cavernes. Grâce à nos épées, les voyageurs parcourent sans crainte les rivages, les citoyens vivent sous des lois éclairées et les marchés prospèrent. On m'appelle, je fais, le monde est en paix.

ARIANE. T'est-il jamais arrivé de refuser l'ordre donné ?

THÉSÉE. Je n'ai reçu que des ordres justes.

ARIANE. Selon quelle justice ?

THÉSÉE. Subtilités. L'action ne permet pas de ménager de telles sensibilités.

ARIANE. Je le disais hier à Icare. Je me demande s'il me voit comme je te vois.

THÉSÉE. Tu méprises l'ordre parce que tu ne connais que lui. L'harmonie et la prospérité qu'il apporte ont fini par t'ennuyer.

ARIANE. Je ne méprise pas l'ordre, mais celui que mon père, ton père ont instauré, parce qu'il est mensonger.

THÉSÉE. Je ne crois pas que l'ordre soit une question de vérité. Mais, j'y pense, si tu as la clef du labyrinthe, tu as libéré les autres prisonniers. Où sont les fils et les filles d'Athènes jetés en pâture à la Crète ?

ARIANE. Leur cœur s'est gonflé d'émeute et d'espérance, il s'est gorgé à la face rouge du dieu taureau, tandis que le tien se creusera, dévoré par le bec avide de la gloire.

THÉSÉE. Le Minotaure a fait plus de mal que je ne le pensais. Il a tourné la tête d'une reine, monté des légions, fomenté une armée…

ARIANE. Ne songe pas à la disperser. Elle est déjà éparse de par le monde, mais fédérée par ses rêves.

THÉSÉE. Tout nous sépare. Pourtant je ne peux supporter l'idée de m'écarter de toi.

ARIANE. Aimons-nous aujourd'hui. Demain, il sera déjà trop tard.

Ils dansent, gestes souples mais empêchés, comme des oiseaux, des poissons se débattant dans un filet, quand elle se retire.

ARIANE. Astérion pourrait vaincre. Si d'un enfant il a l'âme et l'esprit, son corps ne déshonore pas son origine. Il descend d'un taureau engendré par la tempête, relâché par les flots, dont chaque coup de sabot se répercutait en séisme.

THÉSÉE. Tu me l'as décrit sans défense.

ARIANE. Je me souviens d'une colère dévastatrice. Il ravageait la cour du palais, fracassait le marbre, lacérait l'airain. Sa peau hérissée résistait au fouet de nos maîtres, ses dents broyaient les freins auxquels ils voulaient le soumettre. Seul Icare parvint à l'apaiser, le plus jeune d'entre nous, et nous le regardions approcher, l'étranger fils d'esclave et d'artisan, de frêle constitution et peu doué dans les matières où nous excellions, les mains nues, vêtu du pagne du premier âge et des grandes chaleurs, nous le regardions, moi, Androgée, Phèdre, Catrée, Acacallis, Deucalion, Glaucos, Xénocidé, tous les enfants de Minos et de Pasiphaé, héritiers du mariage entre l'Europe et l'Olympe, entre l'astre et la nymphe, mais c'était lui le héros, si confiant, si aimant qu'Astérion en fut désarmé. Il baissa son front bosselé devant le visage étonné du garçon, il plia le genou devant sa maladresse, sa tendresse et le souleva sur ses épaules.

THÉSÉE. La grâce du fils de Dédale, incomparable. Elle m'a touché sans que je puisse l'atteindre.

ARIANE. Depuis, c'est l'épaule d'Icare qui soutient Astérion. Voici de véritables frères. Nous, nous ne jouons qu'avec le prestige de l'idée et du nom.

Maintenant, lorsque le Minotaure enrage, il galope jusqu'à épuisement dans les corridors de sa prison ; et c'est encore Icare le seul à venir à sa rencontre, avec la même impuissance, la même incompréhension qu'autrefois, qui sont peut-être les seules formes authentiques de la puissance et de la compréhension.

THÉSÉE. Je lui proposerai de m'accompagner.

ARIANE. À Icare ? Il n'acceptera jamais. Et tu ne pourras pas l'y forcer. Dédale te pulvériserait à la moindre éraflure.

THÉSÉE. Ce faiseur ne peut rien contre moi.

ARIANE. Tu crois ? Tu es la ligne droite, Dédale est toutes les autres. Il a dessiné cette mosaïque, ce palais, sa prison, et peut-être le profil de cette île, l'arc du ciel. Dédale pave nos chemins de ses intentions avant même que nous les empruntions.

THÉSÉE. Tu m'apprends la peur. En t'écoutant, je me sens cerné par des chuchotements. Et toi, que préfères-tu, ma mort ou celle du Minotaure ?

ARIANE. C'est à toi que tu devrais poser la question.

THÉSÉE. Comment ça ?

ARIANE. Tu es moins simple que tu n'y parais, que tu ne voudrais le faire croire. Tu sais trop bien me suivre dans les méandres de la danse pour ignorer les tourments d'un dilemme. J'ai enfin compris : tu cherches la mort dans le monstre, tu la poursuis comme un face-à-face avec toi-même, tu fais sans cesse de ta vie l'épreuve et le pari, comme si elle ne tirait sa valeur que d'être remise en jeu, tu demandes aux dieux encore et encore : dois-je vivre aujourd'hui ? et à quel prix ?

THÉSÉE. Tes raisonnements entament mon courage et que m'apportent-ils en échange ? Que de mots, Ariane. Quand je t'ai vue, j'ai pensé que nous n'aurions jamais besoin de parler, que de nous tout s'accordait, les yeux, les mains, la peau, la langue. Je ne suis pas simple, mais j'aime d'autant plus la simplicité. Je me contente de l'accord du geste à l'outil, de la pensée au mot, de l'homme à la femme.

ARIANE. De quel accord ? Tout est désaccordé. Tu ne m'entends pas et moi-même j'entends si peu ce que je dis. Nous sommes absents, à nous-mêmes comme aux autres. Les mots ne nous arrivent que réduits en échos. Mais oui, ta hanche s'appuie contre la mienne, ton épaule comble mon épaule, nos joues se complètent, nos oreilles s'écoutent écouter. Tu m'achèves et je te recommence. Si je dois choisir une mort, ce ne sera pas la tienne.

Scène IV

Dans Cnossos endormie, la maison de l'architecte est la dernière à éclairer la nuit. Dédale, à l'intérieur, près de la lampe, la tête dans les mains, les coudes appuyés sur la table. Icare, à l'extérieur, assis sur un banc contre le mur, la tête levée vers les étoiles. La porte ouverte projette un chemin de clarté à ses côtés.

ICARE. Ils étaient si beaux dans la lumière d'après-midi. La lumière leur confère consistance et relief, tandis qu'elle me transfigure et que je la réverbère, qu'en elle je n'ai plus chair ni repère. Sauf avec Astérion. Lui me donne la part d'ombre qui m'incarne.

Comment font-ils pour être aussi solidement, aussi durablement ? Je ne sais être qu'intensément, et quand s'abaisse l'intensité, m'abîmer dans l'absence.

Pardonnez, père, de vous avoir déçu, de n'être qu'un mangeur d'herbes crues et d'idées tendres, un ensauvagé du rêve, aventurier sans but. Le plus grand génie de Grèce annonçait mieux. Mon cousin était votre héritier, en lui vous vous continuiez, et vous l'avez tué. Je ne devrais pas m'excuser. Mon inexpertise vous rassure, je n'empiète pas sur votre empire. Peut-être ne suis-je inapte que pour vous plaire. Sait-on jamais pourquoi l'on fait ce qu'on fait.

DÉDALE. Te pardonner ? C'est toi qui devrais m'accuser. Je m'accuserais moins. Je sais – je sais tout, tu sais bien – je sais que tu t'introduis dans le labyrinthe avec la belle Ariane, que vous jouez là à quelque rite obscur avec l'enfant troublé. Vous essayez de dresser son sang rebelle, de le retourner contre vos pères. Il faut y mettre fin. Plus tôt que tard, tu en souffriras moins. Ariane est feu, tu es l'air. La flamme sous le vent répand les ténèbres et les hurlements.

ICARE. Vous savez, mais vous ne comprenez rien. Le labyrinthe représente le cerveau que vous maîtrisez à merveille, mais le cœur, par quel espace le figurer ? et le souffle ? Non, vous ne savez pas ce que ces nuits signifient, ce que chante le mugissement du taureau, ce que chuchotent les étoiles crépitantes. Ariane ne nous trahira pas, même si ses gestes me trompent déjà. Elle restera fidèle à la ferveur.

DÉDALE. Mais moi, je te trahis. Tandis qu'elle dansait avec son fiancé, je suis monté dans sa chambre, j'ai cherché la couronne…

ICARE. Comme si la couronne était une chose qu'on prend et dérobe… On ne possède pas les étoiles.

DÉDALE. En effet, je ne l'ai pas trouvée, mais j'ai vu la laine qu'Ariane file avec Phèdre.

ICARE. Fil d'or qu'elles soutirent à la pelote du soleil, dévidant la tapisserie du ciel.

DÉDALE. Je l'ai donné à Thésée, au nom d'Ariane.

ICARE. Étrange présent. Thésée ne semble pas se prêter à ce genre de travaux.

DÉDALE. Il l'attachera à l'entrée, le déroulera en marchant et retrouvera ainsi son chemin pour sortir du labyrinthe.

ICARE. Pourquoi, mon père ? Que vous a fait le Minotaure pour l'enfermer, le mettre à mort ?

DÉDALE. Il me prend mon fils.

ICARE. C'est Minos qui parle d'Ariane. Vous savez bien qu'on ne possède pas plus les enfants que les étoiles.

DÉDALE. J'ai eu tort de lui donner naissance.

ICARE. J'ignorais que vous étiez son père.

DÉDALE. Pasiphaé, sous le charme du taureau, me supplia de l'aider. Je lui ai fabriqué une vache en bois, couverte de peaux, elle s'est glissée dans cette génisse pour…

ICARE. Ariane a raison : vous êtes derrière tous les désirs, vous devancez toutes les pensées.

DÉDALE. Je ne peux plus supporter ce monstre. Il n'est qu'une expérience ratée, une œuvre inachevée, un fantasme qui devait rester tel. J'en ai honte.

ICARE. Votre créature vous dépasse. Elle vous dérange parce qu'elle est vivante, indépendante. Elle ne se réduit pas à un outil entre vos mains, à une machine sous vos ordres. J'ai de la chance d'être aussi impalpable, inconsistant. Tous les fils qui vous opposent quelque individualité, vous voulez les tuer.

DÉDALE. Tu es mon chef-d'œuvre. Comment en ai-je été capable ? En vérité, tu dois tenir de ta mère, pas de moi. Si tu meurs, le monde perdra son jongleur de joies simples, son équilibriste malgré toute gravité. Les vents se déchaîneront sans maître, la lune montera sans célébrant.

ICARE. Belles déclarations après le crime. Il est de plus en plus difficile de vous pardonner. Mais j'ai confiance en Astérion, il saura se défendre. J'ai espoir en Thésée, il pourra renoncer.

Dédale se lève et se tient dans l'encadrement de la porte. Son ombre s'allonge à côté de son fils.

DÉDALE. Ne crois pas que tu me déçois. Ceux qui nous comparent pour se moquer de toi ne voient pas que mes idées naissent de tes jeux. Que de mépris j'avais pour l'enfance, âge médiocre qui laisse le cœur creux, quand par ton étonnement, par ta curiosité, tu m'as montré comment inventer sans esprit de sérieux, sans visée d'utilité, pour le frisson de l'inexploré. Si tu ne me fais pas d'ombre, c'est que ta clarté est trop vive pour laisser place à l'ombre.

ICARE. Quand on m'a jeté des pierres, vous les avez changées en grives. Quand on m'a tendu des pièges, vous les avez tournés en manèges. Me voyant isolé, insulté, conspué, vous avez crevé les veines de la terre pour en extraire un sang bleu et vous avez forgé le double de Talos, un colosse mécanique qui montait la garde autour du cercle de mes jeux. Les gens, depuis lors, ont cessé de me harceler et j'ai envoyé ce cousin automate décrire le tour d'un plus grand cercle, celui de la Crète.

DÉDALE. Bel ouvrage, qu'après tant d'années le sel ronge à peine. Garde infaillible de nos côtes.

ICARE. Sans votre protection, je n'aurais pas grandi en paix. Mais comme votre peine est lourde à porter en retour. Toute ma légèreté n'y suffit pas. La légèreté est douloureuse à sa manière… Elle vient d'être tombé trop tôt, d'avoir manqué de mère. Voilà le don qu'elle m'a laissé : le vide, qui m'a obligé à voler pour ne pas chuter.

DÉDALE. Naucraté, je pense si peu à elle. Passade d'une nuit, un hasard aurais-je dit, jusqu'à ce que tu grandisses, que tu apprivoises le monstre et décroches les étoiles, que j'y voie un destin.

ICARE. Pourquoi nous avoir séparés ?

DÉDALE. Ne te raconte pas des histoires. Tu n'as manqué de rien.

ICARE. Et vous, de quoi avez-vous manqué pour que le monde ne soit jamais assez ? Pour que vous le remplissiez d'échafaudages et de formules comme s'il avait besoin d'être raccommodé ?

DÉDALE. Le monde se parachève dans mon esprit et se complète par mes mains.

ICARE. Il se dispenserait de ce service. Regardez l'île qui nous accueille. Il n'est pas étonnant que les dieux y soient nés. Sa splendeur rendrait presque aveugle. N'a-t-elle aucun effet sur vous ?

DÉDALE. Elle me donne envie de l'égaler.

ICARE. Je n'ai l'envie que d'en faire partie.

DÉDALE. Tu n'as pas encore l'âge de t'y mesurer.

ICARE. Quand je vous parle en adulte, vous me répondez en enfant et quand je vous parle en enfant, vous me répondez en adulte.

DÉDALE. L'adulte préfère éviter de répondre à l'enfant, et face à un autre adulte, il redevient enfant.

ICARE. Vous allez du pareil au même, par d'imperceptibles écarts, d'inévitables retours, comme dans votre labyrinthe.

DÉDALE. On revient toujours au labyrinthe.

ICARE. C'est sa logique et son principe, de nous faire revenir, de ne rien nous céder.

Dédale s'avance dans la nuit. Icare frissonne.

ICARE. En les regardant danser, les dieux m'ont déserté.

DÉDALE, *se retournant.* L'indifférence, voilà ce qu'il te manque. Tu aimes à tort et à travers.

ICARE. Vous mourez de votre indifférence. Lentement, vous vous enterrez.

DÉDALE. Mais je meurs plus lentement qu'en aimant.

ICARE. Ce n'est plus vivre, c'est agoniser.

DÉDALE. Dès qu'on pense, on est seul. Très peu de gens pensent. Et encore moins arrivent à la fin de leur pensée.

ICARE. Je ne crois pas que je pense.

DÉDALE. Comment ça ?

ICARE. Dans ma tête, ça ne parle pas. C'est ce qu'on appelle penser, n'est-cc pas ?

DÉDALE. Ça fait quoi, alors ?

ICARE. Ça voit.

DÉDALE. Ariane ?

ICARE. Le soleil et c'est Ariane.

DÉDALE. Elle partira avec Thésée. Torrent où laver son visage de la poussière dorée de la Crète éternelle.

ICARE. Ils iront à Athènes ? Ils auront une maison, des enfants ?

DÉDALE. Sans doute.

ICARE. Comme c'est triste. Tout recommence, rien ne commence.

Icare s'allonge sur le banc. Son père s'assied à ses côtés.

ICARE. La corde a ridé mes paumes. Le sentier a rompu mes pieds.

DÉDALE. L'agneau s'endort sous le banc. La pierre tremble au bord de l'eau, comme de l'eau.

ICARE. Nous aurions pu avoir une vie humble et anonyme.

DÉDALE. Leurs tourments ne sont pas moins grands.

Ce sont exactement les mêmes.

Ils se taisent et le ciel les entend.

Scène V

Dans le labyrinthe. On n'aperçoit que Thésée, par la clarté qui émane du fil.

THÉSÉE. Galeries qui conduisent aux enfers. Ou est-ce déjà l'enfer d'être ainsi emprisonné dans la répétition ? Une torture sur mesure, qui me soumet précisément à ce que je crains : l'insuffisance, l'égarement, le non-sens.

Bête, depuis combien de jours, de nuits je te pourchasse ? Aucun indice ne peut m'indiquer la durée. À la fatigue, je dirais beaucoup, beaucoup trop. Pourquoi me fuir ? Tu veux continuer à vivre dans ce cauchemar ? Je peux t'offrir de plus doux rêves au fil de mon épée. Je ne saurais te dire lesquels. Je ne me souviens pas de mes rêves. Mais les monstres n'appartiennent pas à notre monde, ils ont leur place dans les songes.

Je lance des appels, de temps en temps, pour rassurer les treize adolescents qui m'attendent dans la première cour. Leurs cheveux défaits couronnés de flétrissures, leur tunique froissée, blanchie par l'inquiétude, ils se tiennent étroitement les mains et restent attentifs au déroulement du fil. Je suis fier de la jeunesse d'Athènes. Ils n'ont pas trébuché sur les marches, pas un frémissement n'a troublé leur souffle, pas une ombre n'a trahi la flamme de leurs torches ou l'éclat de leurs haches. Mais que de larmes dans leurs yeux, qu'ils retenaient de couler. On supporte tout à cet âge. On ne se demande pas encore pourquoi. Ils pénétraient dans ce temple souterrain, prêts au sacrifice. Je les ai rassurés, une fois hors de portée d'écoute. Leur prince ne les laissera pas sans défense.

Je ne te croyais pas aussi lâche et veule, toi le dieu cannibale. M'amènes-tu dans un piège ? Prépares-tu une embuscade ? Tu me fais errer dans l'attente du retour d'Icare et d'Ariane. Pauvres enfants. Ils ont deux ou trois ans de moins que moi et je sens toute la différence. Ils parlent de toi comme de la huitième merveille du monde. Mais qu'ont-ils vu du monde sur cette île perdue au milieu la Méditerranée ? Tu es un monstre comme un autre. Ta force vient de ce qu'on t'imagine au lieu de te voir. Dès que je te découvrirai, tu te racorniras dans la flamme de mon regard, tu te réduiras à la cendre commune de la mort et du mal.

J'entends ton souffle court. Un être contourné tel que toi ne peut supporter une course aussi longue. Ton cou souffre de maintenir une tête si lourde, tes épaules se courbent, tu t'affaisses malgré toi. Arrête-toi, Minotaure. Laisse-moi te libérer de cette chair qui t'aliène. Je consolerai tes amis. Ils oublieront, tu sais. Ils finiront même par douter que tu aies existé.

Quel gémissement ! Tu me ferais presque pitié. Mais c'est la stratégie des monstres, de jouer aux victimes. Tu ne m'attendriras pas.

Face à face.

Qui es-tu ? C'est toi, le Minotaure ? Le garçon à la tête de taureau, comment s'y tromper… Et pourtant… Je ne m'y attendais pas. Je l'admets, je ne t'avais pas imaginé aussi laid. Je n'ai jamais été très doué pour imaginer.

Comment Icare peut-il t'admirer ? Et Ariane te toucher ? Tu es le rebut, le déchet, la soustraction de toute beauté. Et cette odeur, insupportable. Celle des bêtes éventrées au marché, des chambres d'accouchées, du champ de bataille dans la mêlée, de la sueur d'un nouveau-né. L'odeur de la mort, ou de la naissance, et c'est pareil ici, pour toi, c'est terriblement identique de naître et de mourir.

Réponds-moi ! Humanise-toi par la voix. Tu ne sais pas parler ? Mais que voient-ils dans ta face rouge ces enfants d'Athènes qui ne retournent pas à leur famille, à leur patrie et sèment, masqués sur les chemins de l'aventure, les graines de la révolte et du rêve ? Quelle joie ? Quelle promesse ? Je ne vois que du sang et de la peine. Que me manque-t-il pour voir ?

Désaltère-toi à mon eau, débarbouille ce mufle à défaut de lui redonner forme humaine. Mais peut-être que tu préférerais te débarrasser de ton corps et retrouver l'intégrité du taureau. Tu souffles, tu grognes. Tu veux m'attaquer ? Je ne suis plus sûr de vaincre. Mon épée se pliera à tes cornes. Elle luit comme une aiguille, tandis qu'elles rayonnent comme des croissants de lune. Si tu charges, je me déchirerai. De Thésée, il ne restera qu'une plaie palpitante au sein du labyrinthe.

Mais tes mains qui prennent la gourde, comme elles ressemblent aux miennes. Tachées par le pollen. On pourrait les serrer et décréter la fin des jeux. On pourrait, si Égée et Minos n'exigeaient pas ta tête pour couronner la leur. Sous les ordres des pères, plus aucun jeu qui tienne. Je te laisserais volontiers régner dans ces souterrains, je me contenterais de la surface, des mers où flotter, des îles qui y flottent. En vérité, je n'ai jamais envie d'aller au-delà du visible, chatoyant et disponible.

Mais qui me garantit que tu resteras ici ? Ariane et Icare ne cherchent qu'à te libérer, et un titan tel que toi se lassera de jouer à cache-cache. Non, il faut te tuer. De toute évidence. Du moins essayer. Vaincre me blessera autant qu'être vaincu. Tu es le point le plus tendre et vulnérable de l'univers – et aussi le plus grave, le plus enragé et furieux. Son centre, j'en prends conscience. Un centre de douleur. Si nous vivions sans la douleur, ne serait-ce pas mieux ? Oui, tu m'entends. Tu t'approches, tu consens. Tu n'en peux plus, toi non plus.

Viens, ce sera franc et net. Pas de blessure en traître. Je trancherai ici, entre tête et corps, entre garçon et bête. Une douleur vive, mais brève, la fin de toutes les autres. Tu seras soulagé.

La lame s'enfonce avec une effroyable facilité.

Comme ton sang scintille dans l'obscurité…

Scène VI

De jeunes Crétois revenant de la fête, habillés pour l'occasion, bruyants, exubérants, aperçoivent les jeunes Athéniens qui errent, décomposés, muets et dispersés, comme des spectres. Stupéfaction, chuchotements.

CRÉTOISES ET CRÉTOIS, *à tour de rôle.* Que faites-vous là ?

Comment êtes-vous sortis du labyrinthe ?

Le Minotaure est avec vous ?

ATHÉNIENNE. Nous ne l'avons pas vu. Thésée est arrivé, les mains, le torse pleins de sang, le visage retourné. Il ne ressemblait pas à un vainqueur. Nous avons cru que la bête courait à ses trousses. Les garçons levaient déjà leurs haches. Nous, les filles, nos torches s'étaient éteintes, mais nous étions prêtes à nous défendre avec nos ceintures dénouées en fouets. Notre prince recula comme si nos armes se retournaient contre lui. Reprenant ses esprits, il secoua la tête et annonça d'une voix blanche : « Le

Minotaure est mort. » Ce n'était pas le cri d'une victoire. Nous hésitions à baisser la garde, nous échangions des regards. Thésée ne semblait pas blessé, mais il n'avait plus d'épée. De son poignard, il trancha le fil d'or.

CRÉTOIS. Quel fil d'or ?

ATHÉNIEN. Celui qu'Ariane file avec Phèdre. Il éclaire jusque dans les ténèbres. Thésée nous l'avait confié. Nous restions dans la première cour, près de l'entrée. Le fil se déroulait en tremblotant, attaché à la ceinture de chacun d'entre nous et à celle de notre prince qui avançait seul dans le labyrinthe. Ainsi, il gardait la trace du chemin parcouru.

CRÉTOISES ET CRÉTOIS, *à tour de rôle*. Subterfuge.

Ruse.

Lâcheté.

ATHÉNIEN. Et le labyrinthe, n'est-il pas la plus grande des ruses, une suprême lâcheté, un vaste subterfuge ? Thésée s'est présenté seul face au monstre et l'a abattu de son épée nue. Aucun Crétois n'en aurait été capable.

CRÉTOISES ET CRÉTOIS, *à tour de rôle*. Les Crétois ont été capables de créer le Minotaure.

Chiens d'Athéniens.

Allons vérifier.

ATHÉNIENNE. Impossible. Les portes sont scellées.

ATHÉNIEN. Nous sommes sortis, Thésée en tête. Dehors, il faisait nuit claire. La lune approchait de sa plénitude. Ariane attendait, assise sur les marches. En nous voyant, elle a tremblé.

CRÉTOISE. La traîtresse.

ATHÉNIENNE. Thésée l'a serrée dans ses bras, il a essuyé ses larmes, et en même temps l'a couverte de sang.

ATHÉNIEN. Elle s'est mise à hurler.

AUTRE ATHÉNIEN. Minos et ses gardes sont arrivés. Ils ont emporté Ariane qui se débattait. Thésée les a suivis. Le roi nous a rassurés.

CRÉTOISE. Minos ? Rassurés ?

ATHÉNIENNE. Il disait que c'était la fin des hostilités, qu'Athéniens et Crétois étaient réconciliés, qu'il pardonnait à Égée la perte de son fils, qu'Égée lui pardonnait la perte de ses jeunes, et qu'Ariane se marierait avec Thésée, que nous deviendrions tous amis et sujets d'un même royaume.

CRÉTOIS. Intrigues impénétrables que les rois trament contre leurs peuples.

ATHÉNIEN. Le fils de Dédale est arrivé.

CRÉTOIS. Icare ? Que vient-il faire dans cette histoire ?

ATHÉNIENNE. Il avait entendu les hurlements d'Ariane. Où est-elle ? Où est-elle ? répétait-il. Quand il nous a vus.

ATHÉNIEN. Aussitôt, il s'est précipité dans le labyrinthe. Il a suivi le filet de sang comme Thésée le fil d'or. Il doit chercher le corps du Minotaure.

CRÉTOISES ET CRÉTOIS, *à tour de rôle*. Il a toujours aimé la bête.

Icare aime tout le monde.

Ils étaient amis dans leur petite enfance.

Icare est l'ami de tout un chacun.

ATHÉNIEN. Dédale est arrivé, plus lent que son fils, essoufflé, essayant de le rattraper. Nous lui avons indiqué le labyrinthe. Il s'y est engouffré sans hésiter. Minos a ordonné à ses gardes de sceller les portes. Il s'est expliqué : « Punissons ceux qui nous ont séparés. Scellons notre nouvelle alliance. » Voilà ce qu'il a dit. Mais nous ne pouvions pas supporter une cruauté de plus. Nous sommes partis dans la ville, comme dans un labyrinthe à ciel ouvert, sans écouter ses discours, sans répondre à ses appels.

ATHÉNIENNE. Et nous vous avons rencontrés.

CRÉTOIS. Il a condamné Icare ?

CRÉTOISE. Quel mal aura jamais fait ce garçon plus léger que la paille ?

ATHÉNIEN. Ils l'ont enfermé comme ils nous avaient enfermés. Le même roi, les mêmes gardes.

ATHÉNIENNE. Comme si nous n'étions jamais sortis. C'était sur nous qu'ils scellaient ces portes.

CRÉTOISE. Ne vous inquiétez pas. Dédale saura comment s'échapper du labyrinthe, avec ou sans porte. Il n'y a pas d'homme plus habile à déjouer une énigme.

CRÉTOIS, *tendant la main.* Soyons amis. Mais contre et non avec nos rois.

Les jeunes gens se rapprochent. Les deux groupes se mêlent. Les Crétois offrent leur manteau aux Athéniennes. Les garçons se retrouvent bras nus, tandis que les filles portent sur leurs épaules le même tissu rouge, les Crétoises sur la tunique bleue des festivités, les Athéniennes sur la tunique blanche de sacrifiés. Ensemble, ils marchent dans la ville.

Scène VII

D'un côté, la chambre d'Ariane, fenêtres sans rideaux, lumière d'orage. De l'autre, le labyrinthe, aucune ouverture sur l'extérieur, mais par moments de brusques rafales de grêle s'abattent, tout l'espace en résonne.

Ariane repose sur sa couche, roulée dans un drap, la tête bandée d'un linge garni de plantes médicinales. Elle se débat, très lentement, pour se libérer du drap, puis abandonne. Le moindre geste l'épuise. Elle regarde autour d'elle. Yeux très creusés.

Icare dessine sur son visage, avec de la cendre, la face du taureau. Il imite Astérion, son allure, sa démarche. Puis, il boit à la gourde de Thésée, pose sa tête contre le mur, soupire, ferme les yeux.

Phèdre entre dans la chambre d'Ariane, elle l'aide à se libérer, puis à s'asseoir sur un tabouret et retire les bandes autour de son front. Les plantes s'éparpillent, les cheveux se dénouent.

Dédale fait irruption. Il saisit Icare par le bras, le traîne à la citerne et lui asperge le visage. Le fils ne résiste que par son inertie.

DÉDALE. Finis tes simagrées. Astérion est mort. Il devait mourir. Un garçon comme ça, avec une telle difformité, ne pouvait pas durer de toute façon. Et si tu ne veux pas mourir toi aussi, au même endroit, aide-moi à fabriquer ces ailes.

ICARE. Des ailes ? Après le costume de vache, celui d'oiseau ; et c'est moi l'enfant ?

DÉDALE. Ne te moque pas. Que ferais-tu sans ton père ? Quand j'ai entendu les cris d'Ariane, je me suis douté de ce qui s'était passé.

ICARE. Parce que vous l'aviez préparé.

DÉDALE. Et je me suis douté de ce qui se passerait. Le roi allait m'enfermer dans mon propre piège. Je m'y attendais depuis le début. Mais je ne me suis pas laissé prendre sans armes. Si je t'ai suivi avec retard, c'est que j'ai réuni le bois, la corde, la cire, les plumes : tout l'attirail qui permettra de s'envoler par la route des airs, puisque celle des mers nous est fermée.

ICARE. Votre prévoyance m'effraie. Devinerez-vous votre mort avec autant de précision que les autres étapes de votre vie ?

DÉDALE. À vrai dire, je sais très bien comment je vais mourir, mais ma mort me regarde. Pas d'affaire plus intime.

ICARE, *plongeant ses mains dans la poussière.* Je préfère rester ici. À quoi bon fuir la mort ?

DÉDALE. Ne voudrais-tu pas revoir Ariane ?

ICARE. Ariane ? Mais elle s'apprête pour Athènes, et vous avez choisi de vous établir en Sicile.

DÉDALE. Si un détour par Athènes suffit à ton bonheur…

Icare secoue la poussière de ses mains, prend une poignée de duvet et souffle pour la disperser dans l'air.

DÉDALE. Tu n'es vraiment bon à rien. Bon à la joie et puis voilà. Mais je n'ai pas besoin de plus. Je suis bon dans tout le reste.

Icare se met à malaxer la cire.

DÉDALE. Allez, arrête de jouer, lève les bras, écarte-les. Nous allons faire des essayages. Je voudrais qu'elles soient prêtes pour demain.

ICARE, *les bras écartés devant son père.* Le temps ne semble pas propice.

DÉDALE, *ajustant les ailes et prenant des mesures*. La tempête commence à s'apaiser. Poséidon a fait le deuil de son fils. Demain le ciel et la mer étaleront le même bleu illimité, et les voiles de Thésée se gonfleront du même vent que nos ailes.

ICARE. Il partira sans encombre.

DÉDALE. Chargé d'honneurs et de privilèges.

ICARE. Son cœur arraché et cloué à la proue, dégoulinant sur la coque, sombre sillage.

DÉDALE. Tu penses ? Il se désole sûrement d'avoir déplu à Ariane, mais il ressentait une saine aversion pour Astérion.

ICARE. Thésée aura compris. Au dernier moment, ou après le dernier moment, devant le Minotaure exsangue.

DÉDALE. Compris quoi ?

ICARE. Oh vous, vous ne pouvez pas comprendre… Je croyais que je choisissais de vous pardonner, de vous aimer encore et encore, envers et contre toutes vos manigances. Mais je ne choisis rien. Je vous pardonne malgré moi et non malgré vous. Je ne peux faire autrement.

DÉDALE. Icare…

ICARE. Ce pouvoir que vous exercez sur moi n'est pas celui d'un roi. Celui d'un père peut-être. Comme si vous aviez le droit de m'infliger tous les maux et moi le devoir de vous préserver de mes possibles représailles. Avec vous, j'ai appris la souffrance et le silence comme une seule et même discipline.

DÉDALE. Quel mal t'ai-je jamais fait ?

ICARE. Vous posez la question…

DÉDALE. Je veux dire : à toi, directement. Astérion ne compte pas.

ICARE. Astérion, c'est moi.

Entre-temps, Phèdre habille Ariane. Elle l'amène prendre l'air à la fenêtre.

PHÈDRE. Parle. Parle, Ariane. Des semaines que tu te tais, petite sœur. Je n'en peux plus.

Silence.

ARIANE, *s'appuyant davantage à sa sœur.* Phèdre, viens avec moi à Athènes.

PHÈDRE. Tu partiras avec Thésée ?

ARIANE. C'est le seul moyen de quitter cette île. Au moins, là-bas, je ne l'entendrai pas.

PHÈDRE. Qui ?

ARIANE. Astérion.

PHÈDRE. Tu… Tu te rappelles qu'il n'est plus ?

ARIANE. Oui, mais je l'entends, des mugissements très doux. Et je sens son odeur, celle de la liberté. Depuis qu'il n'est nulle part, il est partout.

PHÈDRE. Et tu veux partir avec son meurtrier.

ARIANE. Thésée n'est pas plus coupable que moi. J'étais la seule à pouvoir l'arrêter, je n'ai pas su.

PHÈDRE. Tu dois l'aimer beaucoup.

ARIANE. Je ne sais pas… Je suis très fatiguée.

PHÈDRE. Mais tu as dormi sans discontinuer.

Ariane se rallonge, tout habillée, avec l'aide de sa sœur. Elle ramène sur elle une couverture. Le lourd tissu chamarré contraste avec sa figure mince et éteinte. Phèdre s'assoit sur un coussin et pose la main sur sa tête.

PHÈDRE, *avec malice*. Acacallis est de nouveau enceinte.

ARIANE. Encore ? C'est quoi, la troisième fois ?

PHÈDRE. Oui, elle raconte toujours qu'un dieu l'a fécondée, mais Minos n'y croit plus.

ARIANE. Quel dieu, cette fois-ci ?

PHÈDRE. Hermès, je crois.

ARIANE. Et la dernière fois, Apollon. Elle ne choisit pas les moins aimables.

PHÈDRE. C'est sa manière de prendre des vacances du palais. Minos l'a chassée dans la forêt et elle s'y est rendue en gambadant et fredonnant.

ARIANE. Peut-être que son amant l'y attend.

PHÈDRE. Ses amants, tu veux dire.

ARIANE. Elle sait vivre mieux que nous.

PHÈDRE. Ah, une autre nouvelle. Glaucos est tombé dans une jarre de miel.

ARIANE. Comment ?

PHÈDRE. Il a suivi une file de fourmis jusqu'à la réserve, elles grimpaient sur une de ces jarres énormes qu'on vide et remplit en montant à l'échelle. Il y est monté lui aussi et s'est penché pour mieux observer l'infiltration des fourmis, penché de plus en plus, et il est tombé dedans. On a mis un temps à le retrouver ! Maintenant il a les yeux glauques, comme voilés.

ARIANE. Il voit encore ?

PHÈDRE. Oui, mais différemment. Pasiphaé était folle d'inquiétude. Elle est devenue encore plus folle qu'avant. Elle récite en boucle le nom de toutes les fleurs de Crète. Même pas en crétois. Dans une langue ancienne et inconnue de tous, sauf d'elle. La langue du soleil, affirme-t-elle.

ARIANE. Pauvre mère…

PHÈDRE. Pas si folle cependant, elle est parvenue à jeter un sort à Minos. Maintenant, quand il couche avec une autre, il transpire des scorpions et des scarabées.

Ariane rit, du rire rauque et maladroit de qui ne sait plus comment.

PHÈDRE. Deucalion s'est disputé avec Thésée. Ils se sont affrontés à l'épée. Une histoire d'honneur. Mais depuis ils sont les meilleurs amis du monde. Ils projettent chasses, combats, périples.

ARIANE. Et Xénocidé ?

PHÈDRE. Elle a décidé de ne pas se marier et de consacrer sa vie à Artémis. Si tu veux mon avis, elle préfère les filles. À propos, elle a pcint ce carreau pour toi.

Phèdre se lève et va chercher le carreau.

ARIANE. Ce n'est qu'un carreau bleu.

PHÈDRE. C'est le ciel. On ne perçoit l'intensité du ciel que lorsqu'il est cerné, encadré, m'a-t-elle expliqué, et elle a ajouté : cela lui fera une petite fenêtre de beau temps, quel que soit le temps et aussi loin que soit la fenêtre.

Ariane contemple le carreau, longtemps.

ARIANE. C'est très beau.

PHÈDRE. Pour finir, Catrée a décidé de s'engager dans une guerre quelconque. Il dit qu'il ne veut plus avoir affaire à cette famille de tarés.

ARIANE. Je le comprends. Et toi, comment vas-tu ?

PHÈDRE. Moi, je regarde, j'écoute, je répète, je ris et… je refile le fil, petite sœur.

Elle caresse la tête d'Ariane qui s'est faite plus grave à ces derniers mots.

Pendant leur entretien, Dédale a achevé la structure de bois et de plumes attachée aux épaules et aux bras de son fils. Icare resplendit. Il tourne sur lui-même, joue des ailes.

ICARE. Votre plus heureuse invention ! Ces ailes plus grandes que moi, je n'en ressens pas le poids. Douces comme une brise, glorieuses comme une aurore. J'ai hâte de les sentir frémir. Mais, père, vous tremblez.

DÉDALE. J'ai un triste pressentiment. Connais-tu l'histoire de Phaéton ?

ICARE. L'un des fils du soleil ?

DÉDALE. Oui. Il demanda à son père de conduire le char du jour, d'Orient à Occident. Celui-ci ne savait rien lui refuser, mais il lui conseilla de n'aller ni trop bas ni trop haut, de suivre la route du juste milieu.

ICARE. Celle de la routine, de la crainte, de l'ennui.

DÉDALE. Celle de la raison, de l'équilibre, de la modération.

ICARE. Bref, Phaéton désobéit.

DÉDALE. Il était trop léger pour le char de son père. Chaque cycle de roue le projetait de-ci de-là, l'équipage risquait à tout instant de se renverser. Les chevaux impétueux, habitués à la main ferme de leur maître, profitèrent de la clémence de l'enfant pour suivre leur caprice. Leur crinière ardente, leurs sabots d'étincelles incendièrent le ciel comme la terre. Ils causèrent d'innombrables désastres. Les champs brûlés à perte de vue, les cours d'eau saturés d'or au point d'être imbuvables, les étoiles éteintes, une à une, comme on souffle une bougie et les pôles amoindris menaçant de submerger nos îles. Zeus remit de l'ordre d'un coup d'éclair. Phaéton tomba. Il échoua dans des régions que sa chute enflammée changea à jamais en déserts.

ICARE. C'est une belle histoire. Je ne l'entends pas comme vous. Qui vous l'a racontée ? Un adulte sans doute. Les adultes aiment les histoires qui éduquent les enfants. Je vous dirais que Phaéton a choisi de quitter le sillon que son père creusait par une habitude superstitieuse et multiséculaire, qu'il a pris le risque de la différence, de l'écart, du jeu, qu'il a préféré l'intuition à la prévision, l'impulsion à la rétorsion ; et en brûlant le ciel, il a entraîné une pluie de comètes, une grêle de pierres sacrées, et en brûlant la terre, il l'a semée d'un avenir d'herbes folles et de fleurs sauvages. Quand il est mort, précipité de son char, il est tombé pour toute l'humanité. La terre qui le renferme, si elle n'a plus d'arbres, c'est pour laisser plus de place aux étoiles.

ARIANE. As-tu des nouvelles d'Icare ?

PHÈDRE. Aucune.

ARIANE. Qui sait s'il est encore dans le labyrinthe.

PHÈDRE. Connaissant Dédale, ils auront déjà creusé un tunnel sous la mer pour rejoindre une autre île, ou même le continent. Nous le retrouverons peut-être à Athènes.

ARIANE. J'aurais voulu lui expliquer. Pour Thésée. M'excuser.

PHÈDRE. Icare pardonne sans qu'on le lui demande.

ARIANE. C'est bien le problème. Il ne sait pas se défendre du mal qu'on lui fait.

Scène VIII

En vol.

DÉDALE. Attends-moi. Tu ne sais pas où tu vas, tu n'as pas la moindre notion de géographie.

ICARE. Pour une fois que je vous dépasse !

DÉDALE. Comment arrives-tu à cette vitesse stupéfiante ? D'où te vient cette aisance ?

ICARE. Arrêtez de battre des bras, les vents vous porteront. C'est une question de souffle, non de muscle. Les ailes prolongent nos désirs, elles ponctuent le vide, soulignent le vertige. Laissez-les vous guider, au lieu de les contrôler.

DÉDALE. Tu te trompes de route.

ICARE. Voler, pour vous, c'est le plus court chemin d'un point à un autre. Pour moi, c'est la voltige, enrouler, dérouler tous les chemins de l'air.

DÉDALE. Tu recrées le labyrinthe dans le ciel.

ICARE. Je trouve enfin l'espace qui me convient, où ne m'entravent plus la timidité ni la maladresse, un lieu qui n'oppose aucun obstacle à mes aspirations, où ne comptent que la sincérité, l'intensité.

DÉDALE. D'où tiens-tu ce talent ? Tous les miens, je les ai acquis par l'étude, honnêtement. Toi, où l'as-tu volé ?

ICARE. Justement, vous avez passé trop de temps à apprendre. Ici, il s'agit d'oublier. Perdez votre mémoire, perdez jusqu'à la trace de la perte en votre esprit.

DÉDALE. Tu as très peu à perdre. Moi, j'ai beaucoup vécu.

ICARE, *dans l'élan d'un salto*. Que je ne regagne jamais la terre qui m'est si étrangère. Je veux vivre ici. Camper dans la couleur.

DÉDALE. Et te nourrir des oiseaux de passage ? boire aux nuages ? Arrête tes sottises. Reviens… Icare !

ICARE, *seul*.

Il est temps d'aller en solitude.

Une solitude démesurée, où débrider ma joie.

Et je vire et je volte

d'une danse sans tracé.

Et je fonce et je freine

d'une audace sans filet.

Au-delà du jour, je pressens une nuit

qui ignore le bleu du ciel.

Une nuit sans issue ni réponse,

exactement celle que notre corps renferme.

En bas, la mer,

les quelques îles que sa respiration relâche à la surface.

Pris de tendresse pour ce monde perdu,

je plonge à me couper le souffle,

traversant une à une les strates de l'éther,

mais quand le sel craquèle mes jointures,

aussitôt je remonte, d'une inversion soudaine,

pour aller flotter,

là-haut,

face à la lumière sans figure,

sur les courants de pure froidure.

Comme le vide est plein.

Les plumes, ébouriffées, caressent mon oreille.

Mon ombre sautille de nuage en nuage,

comme au gué d'une rivière.

Un de mes poumons fleurit, brusquement,

et il me vient aux lèvres une saveur de sang.

Bleu sans recours, dernier recours.

Tu as si souvent désaltéré ma soif illettrée d'absolu.

Maintenant je nage dans ce qui ne m'était accordé qu'à

gorgées.

Pieds et mains superfétatoires,

seul compte le dédoublement symétrique de mon être,

sa configuration stellaire,

son axe solaire.

La bourrasque me hérisse d'une fourrure de gel.

Mon œil se réduit, pierre aiguë, aiguisée à l'appel.

Je deviens l'oiseau âpre des confins,

abrupt musicien,

chasseur de fulgurance,

aventurier sans refuge,

qui veille sur l'azur et renaît dans la foudre.

D'Atlas, qui porte le ciel sur ses épaules,

je perce les oreilles assourdies par l'effort.

Voici Icare, fils de rien ni personne,

anonymé par l'espace, ressuscité par la distance.

Reconnais ce nouvel oiseau dans ton royaume,

il n'a pour chant que le sifflement de la vitesse,

pour robe que la nudité de l'homme.

Venez, amis les vents, enfants de la belle aurore,

jouez avec moi comme avec une balle d'or.

Zéphyr espiègle, où es-tu ?

Borée, ne ménage pas ta force,

Notos, déflagre-moi dans tes tourmentes de sable,

et toi, Euros, déverse à brassées l'embrasement des feuillées.

Apportez-moi les divines sensations que vous amassez dans vos ventres voraces,

les saisons chaudes et froides, humides et sèches, diurnes et nocturnes,

lueurs, senteurs, mordant, douceur,

nostalgie d'avenir.

Que je tourbillonne dans l'éternel retour.

Vents, je veux me découvrir vigoureux par votre violence.

Dépecez mon corps et du cœur seul,

faites l'oiseau juste de la douleur,

qui file droit au centre de ma vie,

la mort.

Je ne viserai que l'extrême et la pointe,

Je m'effilerai au tranchant de la chute,

Je n'aurai pour passion que l'air qui défigure.

Mes larmes se dispersent, ne reste que l'ivresse.

Je ne suis plus, je suis au-delà.

J'étais triste, follement, et follement, je suis heureux.

Ariane, Minotaure,

Si j'avais pu vous emporter sur mon dos ailé,

cette sainte lumière vous aurait sauvés.

C'est ici qu'aurait surgi notre île,

à la crête du ciel, et non au sein de la mer,

loin de la bassesse commune et des multiples
turpitudes.

Père, excusez, je ne reviendrai pas,

de tant de splendeur pas de retour possible.

La lune brille, et je vous aime,

et tout ce que j'ai souffert,

je le pardonne au nom du soleil.

Même toi, Thésée, qui m'a soustrait au ciel,

tu es béni d'être né sous les astres,

et je vous souhaite, à toi et à Ariane,

un palais résonnant des rires de vos enfants,

l'oubli du frère à tête de taureau,

de l'ami aux ailes d'oiseau,

le calme éminent nommé bonheur.

Je pleure à nouveau.

Brûle-moi plus fort, soleil,

consume mes larmes,

rends-moi aussi immatériel que tes rayons !

Un rayon connaît-il la peine ?

L'obscur en moi, réduis-le en cendres.

Je ne veux être que clarté,

qu'infinie et indifférente clarté.

Mon visage calciné se durcit,

il devient le masque d'un dieu inconnu.

Mes ailes faiblissent, défaites par la vitesse.

Le bois cède, les plumes se détachent.

Le miel se répand dans la cire qui fond,

et la Crète me revient dans l'odeur de ses fleurs.

Mes yeux aveuglés ne savent plus distinguer le ciel de
la mer.

Je m'abandonne au bleu, ultime délice,

Mon nom, qu'il se perde dans un cri.

Scène IX

Sur un promontoire, une stèle porte le nom d'Icare. Ariane arrive, le front couronné de fleurs, les yeux écarquillés par un maquillage chargé, le bord de sa tunique bruni par le sentier. Elle a grandi, ses cheveux ont poussé. Elle enlève sa couronne et la dépose au coin de la stèle, puis s'assied à côté de la tombe, la main appuyée là où devrait se trouver l'épaule du mort. Elle regarde le ciel et la mer à perte de vue et nous montre son dos.

ARIANE. Je n'ai rien vu de plus vrai que ton vol. Tant de clarté nous tue quand elle ne nous sauve pas.

J'ai cru que j'allais mourir de ta mort. Que ta chute serait la mienne. J'ai survécu, mais mon souffle s'est précipité à la suite du tien, dans les fonds marins. Tressés l'un à l'autre, ils sillonnent les abysses. Griffure dans l'épaisseur du néant. Dernier fil d'Ariane.

Tu nous es apparu alors que nous faisions voile vers Athènes. Astérion ne m'avait pas quittée. J'apercevais sa tête renâcler à la proue de notre course folle. Les flots semblaient écumer de sa gueule. Il annonçait la déchirure.

Thésée t'a vu le premier : « Regardez ! L'oiseau inouï, le dieu inédit. Ce n'est pas l'aigle ni la grue. Je ne reconnais pas non plus Iris glissant sur l'arc-en-ciel, ni Hermès aux pieds propulsés par ses aigrettes d'or, ni le Jour aux ailes vastes comme les portes d'un temple, ni la Nuit portée sur son somptueux tapis de galaxies. Ses ailes friables et safranées l'affilient à l'aurore, mais il a un corps d'homme, ou d'enfant. Quelle merveille ! »

« C'est Icare », ai-je répondu. Phèdre a serré ma main et murmuré une prière à tous les dieux ailés.

Tes figures nous parcouraient de frissons. D'un rebond, tu fracassais tous les reflets du soleil sur le monde. Je n'étais que regard, et toi, avais-tu encore un corps ? Ou t'étais-tu réduit à la corde de ton cerf-volant, agilement pliée et dépliée par les vents ? Tu descendis jusqu'à nous, sans nous remarquer, pour remonter aussitôt, si haut que nous ne te voyions plus. Mais ta chute, ce fut tout autre chose. Je sus tout de suite que tu te perdais. Dans le désarticulement de tes membres, ta nuque déjà brisée avant de toucher l'eau.

Tandis que Phèdre poursuivait ses prières, de plus en plus pressantes et angoissées, Thésée te lançait des vivats, des bravos, des encore et des plus. Je ne partageais ni l'inquiétude de l'une ni l'enthousiasme de l'autre. Je suivais tes voltiges avec autant de transport que d'apaisement. C'était l'accomplissement de nos attentes dans le labyrinthe de l'enfance. L'espérance en acte. La réalité qui s'enrêve. La transsubstantiation du sang en souffle. La naïveté reine.

Merci, Icare. Tu nous as illuminés d'un éclair dont l'éblouissement dure encore. Seulement pour t'avoir vu voler, il valait la peine d'être né. Je suis même née une seconde fois en te voyant. Mon être s'est réorganisé autour de ta clarté. Elle est devenue son noyau d'incandescence. Je ne sais pas ce que j'ai compris. Tu m'as révélé un grand mystère, sans pour autant le dévoiler. Quand tu es tombé, tu n'as pas trahi ton message. Tu l'as consacré dans l'éternité des éléments muets.

Dédale est arrivé, prudemment élevé à quelque distance de la mer, et très loin du ciel. Il criait ton nom, un nom si bien fait pour le cri, et quand nous l'avons averti, il a plongé vivement dans l'eau, à plusieurs reprises, comme un martin-pêcheur, cherchant la proie de son bec pointu. Il ne s'est éloigné du point de ta chute que poursuivi par une perdrix qui le harcelait de ses piaillements et menaçait de dépiauter ses ailes.

Ton père, un oiseau bien différent de toi, héritant davantage du reptile. Mécanique de membranes et de poulies, brassant l'air à longs traits réguliers, ensemble étrange, disgracieux et puissant, intelligence de la survie qui nous survivra tous.

Tu te doutes que Dédale n'a pas porté le deuil comme tout autre père. Il a cherché vengeance. Et de qui pouvait-il se venger ? Du soleil, de toi, de moi, de lui-même ? Il a décidé que la faute revenait à Minos. Je ne l'en blâmerai pas. Il se trouvait au service d'un roi de Sicile, Cocalos, quand Minos vint rendre visite à celui-ci, sans savoir que son ancien architecte travaillait dans le palais. Dédale a inventé là-bas ce qu'il appelle une piscine, une vasque alimentée par des sources chaudes, qui procure, paraît-il, une détente incomparable. Minos demanda à l'essayer, ignorant qui était à l'origine de ce nouveau plaisir, et Dédale ouvrit les vannes des eaux les plus souterraines, les plus proches du feu volcanique. Elles l'ébouillantèrent. Le roi sortit mi-mort, mi-vif, complètement écorché ; et maintenant Dédale se sert de lui pour des études d'anatomie.

Et moi, qu'ai-je fait pour ta mémoire ? J'ai élevé une stèle et je te parle.

J'ai demandé, non, j'ai ordonné à Thésée de me débarquer sur l'île voisine de ta chute. Il pleurait tant que ses voiles attendries tournèrent au gris. Mais je ne veux pas parler de Thésée, surtout pas à toi. Ma sœur a insisté pour m'accompagner, j'ai refusé. Elle ne supporterait pas une telle solitude, elle si éprise de compagnie, d'échange, d'une intensité qui n'est pas la nôtre, mais n'est pas moindre que la nôtre.

J'ai attendu que ton corps échoue sur la vie, ensablé, calciné de sel et de soleil. À tes ailes, ce qu'il en restait, j'ai rendu les honneurs de la flamme. À ton ombre, j'ai offert la terre des cimes.

Ton sourire quand je t'ai recueilli… Tu ne pouvais pas dormir, comme tous les autres morts. Il te fallait sourire, et fissurer mes dernières résistances au désespoir.

Cette île t'aurait plu. Je n'en connais pas de plus battue par les vents de tout bord. Je croyais l'habiter seule, mais hier j'ai croisé un jeune homme. Il a des yeux rouge raisin et suscite le feu d'un frottement de ses paumes. Des chèvres noires l'accompagnent, ainsi qu'une bande disparate et drôlement vêtue, des hommes très laids, des femmes très belles. Il m'a invitée à leur fête. J'y ai reçu cette couronne que je te porte.

Je pense à toi, Icare, où que j'aille, quoi que je fasse, et ton souvenir ne me pèse pas.

Elle s'allonge sur la tombe et se repose quelque temps. Comme sans y penser, elle ouvre et ferme les jambes et les bras, dessinant un ange dans la terre sableuse.

« La mer fut appelée Icarienne et l'île Icarie. »

Diodore de Sicile

Du même auteur

Je serai ta cage et ta forêt, 2016
Trésors et Trouvailles, 2019
Contre la mort, 2020
Calendrier des couleurs, 2022
Rose des vents, 2023

Le site *Nervures et Entailles*
www.josephinelanesem.com